W0267569

STARVING ANONYMOUS re:velation

1

Story: **Yuu Kuraishi**
Zeichnung: **Kazu Inabe**
Idee: **Kengo Mizutani**

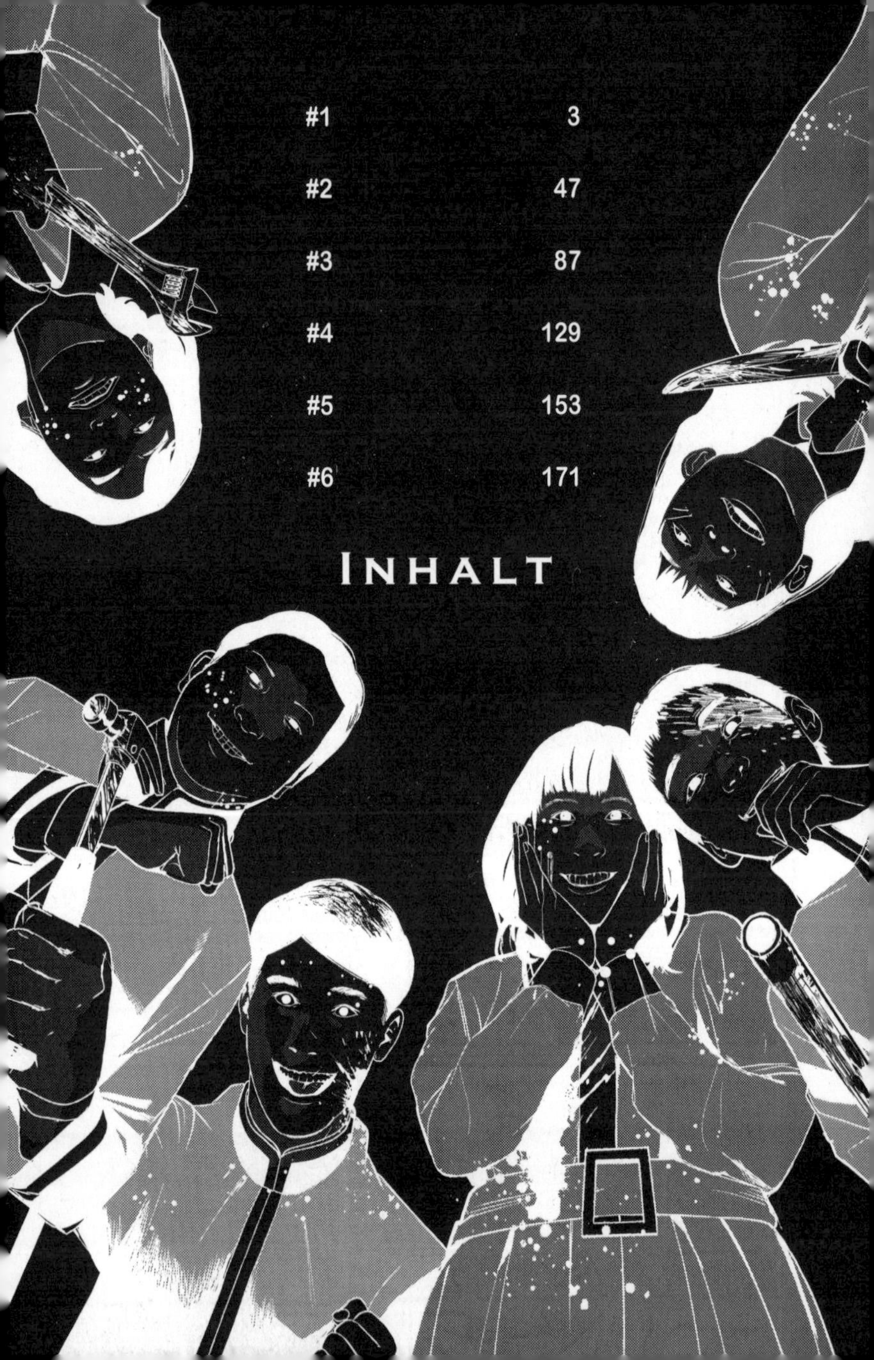

INHALT

#1 Schülerberatung

Ich ...

... habe Angst ...
... vor dem Tod.

AAAH
NA LOS!
Ähm ...
Ich meine ...

... nicht direkt Angst, eher ... Also ... Ähm ...
Ich weiß auch nicht, wie ich es sagen soll ...
Ähm ...
Ich ...
... denke nur ...
... manch-mal ...
... ich will das alles nicht ...
Ich will nicht sterben müssen.
Verstehen Sie, was ich meine?

Ähm ...
Verzei-
hung ...
ZUCK

Es tut mir leid, es tut mir leid! So meinte ich es nicht!
Ähm, ich ... Also ...
Entschuldigung. Ich bin ganz durcheinander ...
Ah ...
Nicht doch ...
Gerade ...
... als Teenager durchleben wir häufig ein Auf und Ab unserer Gefühlswelt.
Da ist es völlig normal, dass wir auch Ängste verspüren.
Sollte es wirklich nicht besser werden, können wir gern einen Berater hinzuziehen.
Danke! Ich schaffe das!

Prima. Dann geh bitte zurück ins Klassenzimmer, die Pause ist vorbei.
Ja.
KATANK
Auf Wiedersehen!
Tschüss!
BATAMM
Hallo, ich bin's.
Ja ... Wenn Sie so freundlich wären ... Danke.
Ich habe hier einen Schüler, der in Frage kommen könnte.
Er heißt ...

... Hiroki Amaza-wa und ist ...
... 17 Jahre alt.
Wie meine Lehrerin geguckt hat ...
Das war echt dumm von mir! Was hab ich da bloß für komisches Zeug geredet ...
Hey, Hiro!
Hm?

Hilf mir mal.
Was gibt's denn, Yuzu?
Komm mit!
Wohin?
Hey! Nicht da lang!
Hier lang! Hier!
Gut! Und weiter, schön weiter!
Okay! Jetzt! Mach auf!
RATTER

Oooh!
Ein Glück! Er ist wieder frei!
Und wozu brauchtest du mich jetzt dazu?
Ach, komm schon, Hiro ...
Du bist der Einzige, den ich wegen so was fragen kann!
Außerdem magst du doch ...
... Insekten, oder nicht?
Ja, schon ...

Wo warst du vorhin eigentlich?
Hm?
Ah ... Vorhin ...
Nicht so wichtig.
Eh? Mach nicht so 'n Geheimnis draus!
Ist egal, hab ich gesagt!
Ich kann es ihr nicht verraten.
Wenn das rauskommt, ende ich ...
... noch wie Hoaki und hab bald gar keine Freunde mehr!
DING DONG DANG DONG

Achtung, Achtung, eine wichtige Mitteilung des Schulleiters.
ALLE KLASSEN UNTERBRECHEN BITTE DEN UNTERRICHT UND SCHALTEN DEN FERNSEHER IM KLASSENZIMMER EIN.
PLAPPER
WAS KOMMT JETZT?
PLAPPER
WISST IHR, WAS LOS IST?
PLAPPER
KLACK
BZZN
Guten Morgen, liebe Schülerinnen und Schüler, hier spricht euer Direktor Takahashi.
Heute habe ich eine frohe Botschaft zu verkünden, die unserer Schule alle Ehre macht.

Die Ergebnisse der landesweiten Leibesvisitationen aus dem vergangenen Monat stehen fest!
OOOOH
Für die kommende Charge ...
OOW
Die Gewinnerin besucht unsere Schule im 2. Jahrgang der Klasse C.
WIRKLICH?!
Hä? Bei uns? Krass!
WAS?!
RAUN
Wer ist es?

... wurde unsere Schülerin Yuzu Hasunuma ausgewählt!
WOOOO

!!
Wie toll, Yuzu!
Glückwunsch!
?!
HASU-NUMA ...
... schnitt im Geschmacks-ranking ...
... aller Schulen als eine der Besten ab!

KLAPP
KLAPP
KLAPP
KLAPP
KLAPP
KLAPP
KLAPP
Ich war so sicher, dass ich gewinne!
JETZT WEIN DOCH NICHT ...
Beim nächsten Mal klappt's bestimmt.
KLAPP
KLAPP
KLAPP

Yuzu wird ...
... die nächste Charge?!
Hasunuma, wenn du dann bitte gleich zum Direktor gehen würdest.
Ah ... Ja!
RAUN
RAUN
RAUN
Wie? Dann ... muss Yuzu jetzt ... sterben?
Bis dann.
Gut. Wir machen weiter.

Wo waren wir stehengeblieben ... Ah ja, Plankton. Plankton wird wie gesagt gern von Sardinen und anderen kleineren Fischen verspeist.
Diese kleineren Arten wiederum dienen größeren Arten wie Kraken und dergleichen als Nahrungsquelle.
Und natürlich werden auch diese Arten wieder von den größten Meeresbewohnern wie Thunfischen oder Haien gefressen.
Sobald die Beutefänger sterben, werden die Kadaver zersetzt und wieder zu Nährstoffen für das Plankton.
Und wie nennen wir diesen Vorgang nun? Iwasaki?
Ähm ... Die Nahrungs-kette?
Korrekt.
Für uns Menschen gilt das gleiche Prinzip.

Wir züchten Vieh aller Art, ob nun Kühe, Schafe oder Rinder, die sich herbivor ernähren, um sie später in Form von Fleisch als Nahrungsmittel zu verspeisen.
Und schließlich werden auch wir den göttlichen Wesen geopfert, um ihnen als Nahrungsquelle zu dienen.
Sobald die göttlichen Wesen ihr Leben verlebt haben, erhalten wir wiederum ihre heiligen Überreste als Speise.

Auf diese Weise werden wir mit der makellosen Herrschaft unserer Götter beehrt.
Und nur dank ihrer vollkommenen Führung konnte der lang gehegte Traum der Menschheit einer Ära des „wahren Friedens“, frei von Kriegen zwischen Nationen und Völkern, endlich Realität werden.
DING
DONG
Von unseren Hoheiten verspeist zu werden, ist die größte Ehre eines jeden Menschenlebens.
TAPP
TAPP

*Long Home Room = eine lange Klassenlehrerstunde, in der div. Themen besprochen werden.

... ich hatte echt gehofft, dass ich diesmal ausgewählt werde, aber ...
... jetzt, wo Yuzu geopfert wird, wurde mir klar ...
... wie hart sie an sich gearbeitet hat, damit ihr Traum endlich in Erfüllung geht. Bestimmt noch viel härter als ich und wir alle!
Was haltet ihr davon, wenn wir sie als Dankeschön mit einem kleinen Geschenk überraschen?
PLIP
Oh ja!
ザワ
LABER
Was schenken wir ihr denn?
ザワ
LABER
Ich ...
... möchte ihr gern das hier von mir geben.
Was ist das?

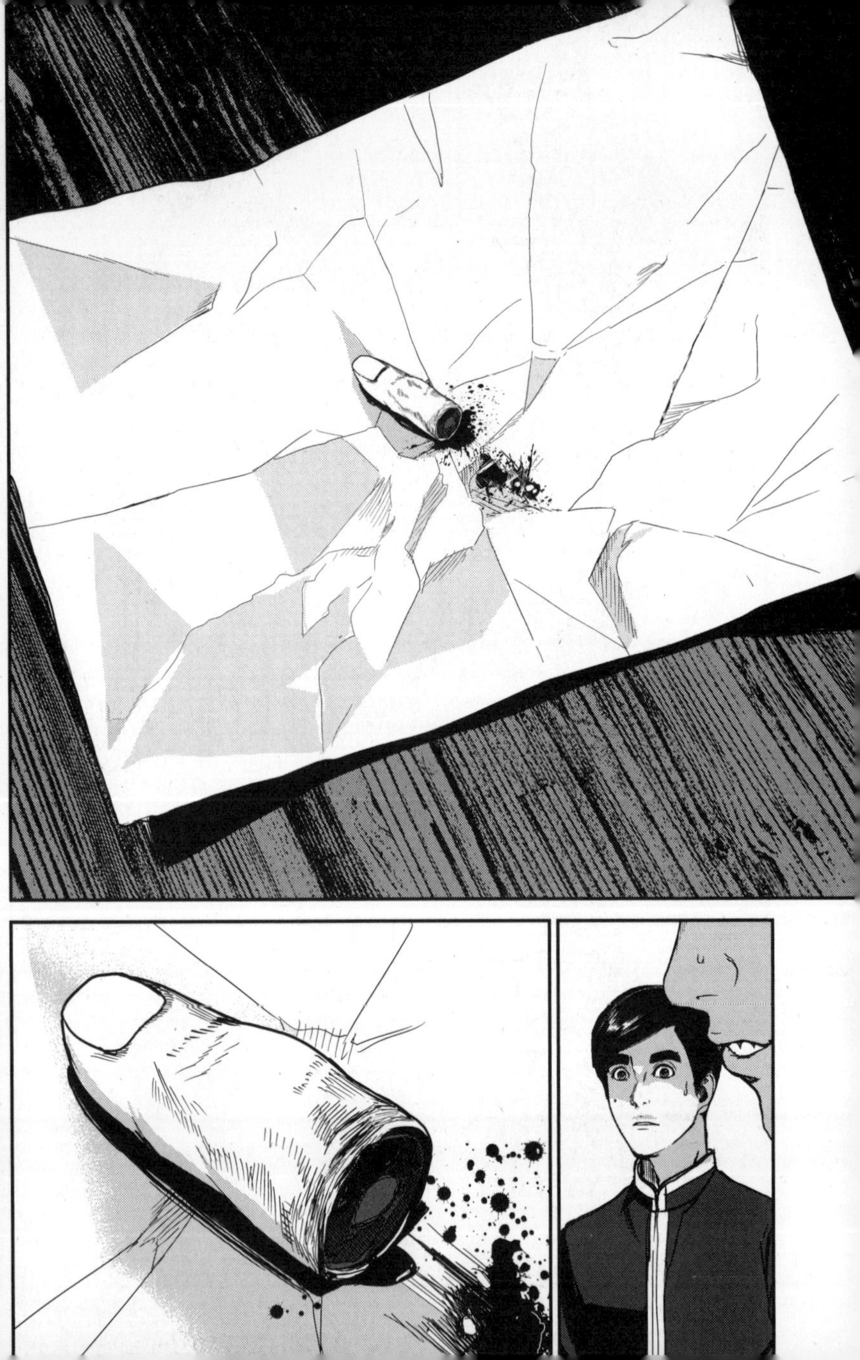

Ich ... habe mir mit einem Cuttermesser meinen kleinen Finger abgeschnitten ...
Wenn sie meinen kleinen Finger isst und die Hoheiten sie danach verspeisen ...
... ist es fast so, als könnte ich ihnen auch ein Opfer darreichen.
... und ich fände es voll schön, wenn Yuzu ihn isst.
Yuzu soll ihren Finger essen?!
KLAPP
KLAPP
Hä?!

KLAPP
KLAPP
KLAPP
KLAPP
KLAPP
KLAPP
KLAPP
KLAPP
KLAPP
KLAPP
KLAPP
KLAPP
KLAPP
KLAPP
KLAPP
KLAPP
KLAPP
KLAPP
KLAPP
KLAPP
KLAPP
KLAPP
KLAPP
KLAPP
KLAPP
Was ist los mit euch?!
KLAPP
KLAPP

Tolle Idee, Yamagata!
Ja, richtig cool! Und voll mutig!
WAAAAAH
KYAH
Ich will auch mitmachen ...
KYAH
KYAH
Eh?
Ich auch!
Bin dabei!
Ja, das ist super! Die ganze Klasse gibt was dazu! Zeigen wir uns solidarisch!
Die ganze Klasse? Was?!
Alle machen mit! Wir halten zusammen!
Ich bin auch dafür!
WAAH
WAAH
Meine Lieben, beruhigt euch bitte.
RATTER

RACK
Frau Lehrerin ...
Man hört euch ja bis auf den Flur.
Gott sei Dank!
Frau Lehrerin, Frau Lehrerin! Wir wollen alle für Yuzu ...
Beruhigt euch!
Ich habe es schon mitbekommen.
Und ich muss sagen, ich bin ...

... richtig stolz auf euch!
Das ist eine schöne Idee! Ich werde auch mithelfen.
YEEEAH
Was?!
Der Tagesdienst soll bitte nachher ins Lehrerzimmer kommen.
WAAH
WAAH
WAAH

KRATSCH
AAAAAAAAAAAH!

KRATSCH
PLUNK

AAAAH!
Fleischopfe
Wenn ich einen Finger verlier, kann ich nicht mehr Klavier spielen ...
Hilfst du mir?
Klar. Bist du bereit?
チキ KRRT
チキ KRRT
Ja.
AUA! AAAH! AUAAA! HAAA!! AAAH!
Halt durch! Nur noch ein kleines bisschen, dann ist es ab!
ギチ RTSCH
ギチ RTSCH
ギチ RTSCH
RTSCH

Ihr müsst die Fingerwurzel abbinden, so lässt sich die Blutung besser stoppen!
GNNNN
KRATSCH
BAMM
PLOTT
Fleischopfer
Prima, das waren dann alle, oder?
Ah, Moment mal ...

Hiro war noch nicht dran!
Hä?
Ich?
Aber ich ... Ähm ...
Versteht mich nicht falsch, Leute ... Es ist nicht so, als würd ich nicht wollen, bloß ...
Fleischopfer

Alle aus der Klasse haben ihren Beitrag geleistet.
LINS
Wär doch komisch, wenn du als Einziger nichts dazu gibst, oder?
Willst du etwa nichts opfern, Amazawa?
Na komm! Geteiltes Leid ist halbes Leid!
GLOTZ
Ja! Das sind super Erinnerungen! Davon können wir später noch unseren Kindern erzählen!
Der kleine Finger würde ja schon reichen!

Komm, mach schon! Finger ab und gut ist!

BLTSCH
BLTSCH
BLTSCH
BWÖARGH
BLTSCH
BLTSCH
BLTSCH
BLTSCH

Meine Opfergabe! Unsere Finger! Du hast auf unsere Finger gekotzt!
Iiiiih!
I-Ich wollte das nicht!
Hey!
Das war echt keine Absicht!

FSCHHHH
Shit!
Wieso musste das passieren?
SCHHH
Das war total scheiße von mir!
PLTSCH
PLTSCH
Aber ...
FWSCHH
... ich hatte echt Angst. Ich will mir nicht den Finger abhacken! Allein bei der Vorstellung wird mir schon kotzübel ...

*Anm. der Redaktion: Es handelt sich um einen japanischen Namen und wird daher nicht wie das engl. Wort „machine“ gesprochen.

Hm ...
Tja ...
Der Typ war so angewidert, dass er direkt kotzen musste.
Ich würd sagen, da wacht langsam jemand auf und wird zurück in die Realität geholt.
Denk ich auch.

Wer nicht sofort ’nen Finger opfert, für den wird‘s richtig unangenehm.
Aber seine Klassenkameradenschweine kennen keine Gnade.
Die wachsen doch eh wieder nach, Hoaki.
Jedenfalls sollten wir ...
... dem Kerl mal Hallo sagen.
Bevor sie ihn entsorgen.

STARVING ANONYMOUS
re:velation

チュン
TSCHIRP
チュン
TSCHIRP
チュン
TSCHIRP
STARVING ANONYMOUS
revelation
#2

Iss bitte, du kommst noch zu spät.
Mmh ...
Ich hab ...
... irgendwie keinen Hunger.

Bis gestern konnte ich ohne Probleme alles essen ...
Aber was ist das für ein ekliges, weißes Glibberding?
Und Papa ... isst das?!
Bist du etwa erkältet?
Weiß nicht, mir geht's nicht so gut. Ich wollte heute vielleicht lieber zu Hause bleiben ...
Oje, oje. Das ist aber gar nicht gut.
Wir wollen doch, dass du dich ordentlich anstrengst, Hiroki ...
TONK

... damit aus dir auch eines Tages eine prächtige Charge wie aus deinen Geschwistern wird.

Habt ihr euch wirklich alle einfach so opfern lassen?
Und Yuzu?
Wird sie ... dann auch an die Wesen übergeben?
Ver-dammt!
Hm?
Schatzi ...

Ich glaub, ich bin wieder schwanger.
Diesmal werden es wohl Vierlinge.
Oh! Das sind ja prächtige Neuigkeiten.
Die eisprung-fördernden Medikamente scheinen immer besser zu werden, was?
Ich glaub, ich geh doch lieber zur Schule ...

KATTANG
KATTANG
KATTANG
Was ist mit mir?
Eigentlich sollte alles wie immer sein ...
KATTANG
... aber irgendwie ...
KATTANG
(Eine Frau aus Tokyo)
Ein bewegendes Zeugnis von Elternschaft
Ich bin zwar ein Mann, aber ich kann es sehr gut
aus Fukuoka)
„Auf diese Weise konnte ich 12 Kinder a
Fleischgaben hervorbringen!"
Eine Frau im mittleren Alter
KATTANG
Hm?

Es hat mein Herz berührt. (Eine Frau aus Tokyo)
Ein bewegendes Zeugnis von Elternschaft
Landesweit auf Platz 1 und längst ein Bestseller in allen Buchläden!
Ich bin zwar ein Mann, aber ich kann es sehr gut nachfühlen. (Ein Mann aus Fukuoka)
„Auf diese Weise konnte ich 12 Kinder als Fleischgaben hervorbringen!“
Eine Frau im mittleren Alter
KATTANG
KATTANG
KATTANG
Zeugnis von Elternschaft
Ich bin zwar ein Mann, aber ich kann es sehr gut nachfühlen. (Ein Mann aus Fukuoka)
„Auf diese Weise konnte ich 12 Kinder als Fleischgaben hervorbringen!“
Eine Frau im mittleren Alter
Eine Frau im mittleren Alter
Hä?
SWPP
Was zum Teufel ... ist das?
KATTANG
KATTANG

Das Geheimnis der Fleischsubstanz liegt in den Methoden zur Modifizierung und der stetigen Verbesserung unserer Fleischqualität
Für unser al
Wohlbefinde
Was ...
Wenn wir groß sind ...
... wollen wir lecker-lecker Fleisch werden!
Jeden 15. des Monats im Verkauf
Grundschüler im
BITTE ACHTEN SIE BEIM AUSSTIEG DARAUF, KEINE WERTGEGEN-STÄNDE LIEGEN ZU LASSEN.
351
TROTT
TROTT
TROTT
GRATIS
Fleisch werden!
SUPERGYM

Fotoatelier für unsere Toten
Erinnerungen für die Ewigkeit
Fleisch
GO FOR IT
werden!
Unsere Kampagne!
Wenn Sie sich heute noch anmelden, exklusiv für Sie
KOSTENLOS!
0 Yen
0 Yen
Auswahlkurse
5000 Yen
7000 Yen
Fitnessclub
SUPERGYM
Nur 1 Minute vom Westausgang
Ich träume davon, schmackhaftes Fleisch zu werden!
RGYM
Ich strebe ein Geschmacksra
FitFit
Fitness für Sie - rund um die Uhr!
FITFIT24 Landesweit in allen EatOn
Was sollen ...
... diese ganzen Werbetafeln?

Wieso wollen die Menschen ...
... unbedingt sterben?
RAAH
RAAH
RAAH
RAAH
Hm?
WAAH
WAAH
WAAH
WAAH
WAAH
Es tut mir ...
... aufrichtig leid!

Ihr Schweine!
Verrecken sollt ihr!
Schlitzt euch den Bauch auf!
Schämt euch!
Ihr Schmarotzer!

Parasiten! Ihr seid es nicht wert, am Leben zu bleiben!
Schande! Abschaum! Schande über euch!
Ich konnte keine Kinder zeugen.
Ihr liegt uns nur auf der Tasche!
Nichts-nutzige Schwei-ne!

Mein Körper ist von schwacher Konstitution, darum konnte ich nicht genug Fleisch ansetzen.
RAAAAH
DRECKSTÜCK!
Ich bin als Mensch viel zu mager!
GEH STER-BEN!
Aber jetzt bin ich schon alt! Was soll ich denn tun?!
Wieso warst du nicht trainieren, du faule Sau!
Das geschieht dir recht!
WAAH
WAAH
Ich hatte Angst, das Haus zu verlassen und blieb die ganze Zeit in meinem Zimmer.
Dadurch sank meine Fleischqualität immer weiter.
Tu nicht so unschul-dig!
Du hattest genug Zeit, zu Hause zu trainieren!
WAAAAAH
Du bist nichts wert!

I-
Ich ...
ich ...
... war nie sonderlich hübsch oder beliebt ... Darum konnte ich auch keine Kinder mit jemandem zeugen, weil mich keiner mag ...
Ich falle der Gesellschaft zur Last.
Ich konnte keine Kinder zeugen.
Interes-siert uns nicht!
Macht 'ne Schönheits-OP oder sonst was!
Wie könnt ihr der Welt so unter die Augen treten?!
RAAAAAAH
LEUTE!
RUHE BITTE!
BWAPP

WIR, DIE WIR HIER VERSAMMELT STEHEN ...
... HABEN ALLEN GRUND DAZU, WÜTEND ZU SEIN!
DAYS TUBE
WAPP
JAWOHL! WÜTEND AUF UNPRODUKTIVEN ABSCHAUM WIE SIE! EINEN HAUFEN VERROTTETES FLEISCH!
DAYS TUBE
DOCH HEUTE WERDEN WIR GERECHTIGKEIT WALTEN LASSEN UND MIT ALLER HÄRTE GEGEN DIESE PARASITEN UNSERER RECHTSCHAFFENEN GESELLSCHAFT VORGEHEN!
ROLL
ROLL
ROLL
KRADATSCH
Okay!
Fangt an!
GRPP
GRPP

RAAAAAH
Ich konnte
Kinder
Ich bin als Mensch viel zu mager!
Ich bin fett.

Hä?
W-
Was ...
Was ...
...machen
die da ...
?!

WAAH
WAAH
WAAH
WAAH
Hayah! Ihr doofen Menschen!
Sogar die Kinder machen mit?!
STERBT!
Junger Mann ...
Ha! Was?
Wirf auch du einen Stein.
Na komm, hab dich nicht so!
Pff!
Pff!
Pff!
LINS
Sie ...
... starren mich alle an ...

Wenn ich nicht genau wie sie einen Stein ...
... auf diese Leute werfe, werden sie vielleicht denken, ich bin „anders“ oder „merkwürdig“!
RAAAAAH
Aber ...
BITTE! VERGEBT MIR!
AU! AAAH!

ICH SOLLTE EINEN KRANKENWAGEN RUFEN ... ODER BESSER GLEICH DIE POLIZEI!
M-M-MIR ... WIRD SCHON ... GANZ ANDERS ... ICH ... ICH MUSS HIER WEG ... SONST ...
I-ICH VERSCHWINDE ...

Ja! Ich muss ...
... sofort zur Polizei!
TRAPP
TRAPP
TRAPP
TRAPP
TRAPP
Hm?
Hiro! Was machst du denn hier?
P-Papa? Ich ... ich ...
HAH!
HAH!
Was hast du denn? Du bist ja ganz aus der Puste!
I-Im Park! Im Park werfen sie Steine auf Menschen!
HFF!
HFF!
HFF!
Steine?

Aaah! Hey!
ZERR
Meinst du etwa ...
... den Park im 3. Bezirk?
HAH!
HAH!
Ja! Genau! Die Leute sind alle verrückt!
HAH!
Wir können da nicht hin!
HAH!
Wir müssen sofort die Polizei rufen!
Schnell! Die bringen sie sonst um!
HAH!
ZERR

Na, das ist doch mal was!
Ein schöner Vater-Sohn-Ausflug! Wir gehen jetzt beide dorthin und steinigen diesen Fleischabschaum!

WAAH
WAAH
WAAH
Na los, nicht so schüchtern!
A-Aber ...
AAAAH
Oh! Guten Tag, Herr Amazawa!
Sieh an! Sie auch hier, Hasegawa?
Sie haben sogar Ihren Sohn mitgebracht, Chef?
Jaja!
Hey, sag gefälligst „Hallo“!
Mein Junge will ein Mann werden, aber fürchtet sich vor ein bisschen Steinigen, haha! Ist das zu glauben!
Oh ...
Ver-stehe.
Da kenn ich eine gute Lösung ...

So, Junge.
Dann streck mal die Hände aus.
FWMPP
WAAH
WAAH
Leute, macht Platz! Aus dem Weg!
RAUN
RAUN
Unser Junge hier soll den letzten Wurf bekommen!
WAAH
Oh! Bravo! Nur Mut, junger Mann!
Dann mal los!
Aber ... Ich ...
Hier entlang, bitte!
WAAH
Hach, wie schön!

Na los!
Tu es!
Erledige ihn!
Zerschmetter dem Schmarotzer den Schädel und zeig ihm, wie die Realität aussieht! Verrecken soll er! Er ist kein Teil unserer starken Gemeinschaft!
RAAAH!
Töte den Abschaum!
RAAAH
RAAAH!
Dreck!
Gammelfleisch!
Du Stück Scheiße!
Abfall!
Drecksviech!
Mieses Schwein!
BITTE ...
... BEEIL DICH ...
TÖTE MICH BITTE ENDLICH!

HEEEH
Junger Mann, lass uns nicht zu lange warten!
Ihr miesen Schwei-ne!
WAAH
IHR SOLLTET ...
GWMM

PACK
?!
GWAAH
Hoaki?!
Pscht!

Willst du das wirklich?
TSCHL
TSCHL
Wenn du den Stein auf die Menge wirfst ...
... werden sie dich ...
... hier und jetzt töten!
Und wenn du den Kerl nicht erledigst ...
... steinigen sie dich als Nächstes!
Was soll ich denn dann tun?
Easy. Wir finden einen Ersatz für dich.

Ist das nicht ...
... Machine aus seiner Klasse?

Leute, hört mir mal zu!
Erlaubt mir, als sein guter Freund, an seiner Stelle diesem Abschaum den Schädel zu zertrümmern!
DOMM
Mein Freund hier hat sich gestern im Sport das Handgelenk verstaucht!
Darum kann er dem Kerl kein Ende setzen!
Ja! Bravo!
WAAAAAAH
Steinige den Wichser!

BITTE MACH . . . DASS ES . . .
. . . SCHNELL VORBEI IST . . .
Dich trifft keine Schuld.
TSCHL
TSCHL
Vergib der Dummheit von uns Menschen.
KLACK
SHRRCK

BWTT
RTSCH
Aah ...
Aah ...
aaah ...

KRONTSCH
GWMM
JAAAAAAH
BRRRR
BRRRR
Gammelfleisch ist widerwärtig! Abfall bleibt Abfall!
Absch… muss z… Dünge… verarbe… werden

BWRRTSCH
RRRM
DSCHHHH
ZRPP
ZRPP
SEHT NUR!
SHT
SHT
SHT
DAYS TUBE
Was ...

ERBÄRMLICHE, UNPRODUKTIVE FLEISCHABFÄLLE WIE SIE, WERDEN ZERKLEINERT UND GETROCKNET UND ERGEBEN …
Was zur Hölle?!
Was geht hier ab?!
… EINEN HERRLICHEN DÜNGER, UM DEN BÄUMEN IN UNSEREN PARKS ALS NÄHRSTOFF ZU DIENEN, DAMIT UNSERE BÜRGERINNEN UND BÜRGER SICH AN DER GRÜNEN PRACHT ERFREUEN KÖNNEN!
DAYS TUBE
JA, LIEBE LEUTE, DAS …
Die sind doch alle …
…komplett irre!
… IST DER KREISLAUF DES LEBENS!
UNSERE HOHEITEN DENKEN …
Vollkom-men …
… wahn-sinnig!
… GEWISS GENAUSO!

WIR SIND ERFÜLLT VON DANKBARKEIT!
Was ...
... redet die da ...
KLAPP
KLAPP
KLAPP
KLAPP
KLAPP
KLAPP
„Dankbar", sagt sie!
D-D- ...
KIHI
...
KIHI
KIHI
Hoaki ...
HIHIHI
E-Er lacht?
ZERR

Reiß dich zusammen, Mann! Wenn du hier jetzt laut loslachst, bring ich dich um, Hoaki!
TSCHL
TSCHL
TSCHL
Jaja, ist ja gut! Lass mich los, das tut scheiße weh!
Na, Amazawa ...
... wie findest du diese Welt?
W- Was, wie ...
KLAPP
KLAPP
BRAVO!
Unser höchstes Gut ist die Selbstaufopferung!
KLAPP
KLAPP
KLAPP
KLAPP
HÖRT, HÖRT! SO IST ES!

GRINS
Wider-
wärtig!
So
ist es.
Und ich
werde
sie alle in
Stücke
reißen!

Was ist bloß los mit den Leuten?
Oder war das gestern ...
... nur ein Traum?
Das kann doch nicht wirklich passiert sein!
Das wäre ja ein Verbrechen! Mord!
AAH! AU!
#3

Ich wusste nichts davon! Wie können ...
... sie so tun, als wäre eine Steinigung das Normalste der Welt?
チラ
LINS
Ob sie alle ...
... schon mal bei so was mitgemacht haben?
Und du? Würdest du auch einen Stein aufheben und jemandem den Schädel zertrümmern?
チラッ
LINS
Du hättest mit Sicherheit auch geworfen.
Und ihr auch ...

Wahrscheinlich hättet ihr alle mitgemacht!
Nur ich ... nur ich konnte es nicht!
BABUMP
Ich hab Angst! Ich hab ...
... so höllische Angst!
BABUMP
TAPP

Morgen, Hiro!
Ah!
Yuzu ...
Was hast du?
Hab ich was Falsches gesagt?
Nein ...
Hast du nicht ...
FÜR DIE KOMMENDE CHARGE ...
... WURDE UNSERE SCHÜLERIN YUZU HASUNUMA AUSGEWÄHLT!
Ah ...
wo

?
Yu-
Yuzu ...
Du ... wirst geopfert, oder?
Genau!
In sechs Monaten!
LÄCHEL

In sechs Monaten?!
Ja! Ich war so aufgeregt! Ich musste ...
... noch nie ins Büro des Schulleiters!
Mein Papa war auch total glücklich. Er hat ...
... sofort allen Verwandten Bescheid gesagt.
Er war so froh ...
... und sogar ein bisschen gerührt, glaub ich.
Ich habe mir auch so viel Mühe gegeben.
Und ... das ist echt ...

... okay für dich?
Was meinst du?
W-
Wie „Was meinst du?"!
SCHRECK

Du wirst sterben, Yuzu!
Sterben!
Verstehst du das nicht?!
Hiro, bitte schrei nicht so.
...
Sorry ...
Wir müssen alle irgendwann sterben. Nicht wahr?
Ja! Aber trotzdem!
Jetzt hör mir mal zu, Hiro!

Was ist denn bitte besser, hm? Einen natürlichen Tod zu sterben, ohne zu wissen, wann oder weshalb wir sterben, oder als Charge übergeben und den Hoheiten geopfert zu werden? Das entspricht doch viel eher dem freien Willen von uns Menschen, oder nicht?
Also ich finde das viel besser.
A-Aber ... Du wirst zu Futter verarbeitet, Yuzu ...
Wir essen auch Pflanzen und Tiere, Hiro.
Klar! Aber ich meine ...
Findest du es nicht etwas anmaßend, zu denken, nur weil wir als Menschen zur Welt kommen, hätten wir das Recht, alles zu essen?

Sicher, ich finde es auch problematisch, wenn jemand getötet wird, der keinen Wunsch zu sterben hat. Aber so ist es ja nicht.
Für mich geht ein Traum in Erfüllung, wenn ich von den Hoheiten gegessen werden darf! Findest du das nicht wundervoll?
K-
Aber wieso fragst du mich das überhaupt?
?
Keine Chance ...
Wir reden komplett aneinander vorbei!

Ich will nicht, dass Menschen, die ich gernhab, sterben müssen.

Hm?
Guten Mor-gen!
Waah!
Guten Morgen!
Ja ...
WAPP
Nach dir habe ich gesucht, Amazawa.

Ich habe tolle Neuigkeiten für dich.
Wenn du bitte kurz mit ins Lehrerzimmer kommen würdest.
Chinesische Küche
Shit ...
Das ist gar nicht gut!
Was, wenn sie mein Gespräch mit Yuzu vorhin mitbekommen hat?
Amaza-wa ...
J-Ja?!

Du scheinst dich recht gut mit Yuzu zu verstehen, hm?
Worüber habt ihr vorhin gesprochen?
Was?!
BADUM
Was soll ich ihr antworten?
Ähm ... Nur Small Talk ...
Jetzt bloß nichts Falsches sagen!
BADUM
BADUM
Nichts Wichti-ges ...
Geht es dir denn heute schon etwas besser?
Eh?
FWUPP

Oder hast du immer noch Angst davor, zu sterben, hm?
Uwah!
Ihre Augen!
Sie scannt mich von oben bis unten!
Danke. Es geht mir schon wieder etwas besser.
Das ist schön!

Weißt du, ab wann wir Menschen als Chargen übergeben?
Das hast du sicher schon im Unterricht gelernt, oder?
Ähm ... ungefähr zur Volljährigkeit ...
Wieso fragt sie mich das?
Ganz recht. Das hast du dir gut gemerkt.
Nach Erreichen der Volljährigkeit, etwa im Alter zwischen 22 und 35 Jahren.

Danach wird das Fleisch des menschlichen Körpers zu hart ...
Eh?
Was?
... und ist für den Verzehr nicht mehr geeignet.
Aber zu jung dürfen wir auch nicht sein, nicht wahr.
Was zur Hölle?!
Den besten Geschmack liefern Chargen zwischen 22 und 35.
Jugendliche, die im Geschmacks-ranking Bestnoten erzielen, können jedoch bereits im Alter von 10 bis 17 geopfert werden.
Warum ...
... erzählt sie mir das?
So wie beispielsweise auch Yuzu ...

Worauf ich hinauswill ...
... es gibt Menschen, die in der frühen Adoleszenz noch nicht überreicht werden können, aber etwas später die Chance haben, als Fleischopfer in Frage zu kommen.
Hä?!
LÄCHEL
Also direkt nach der Volljährigkeit ...
Wie?
DODOM
DODOM
Hä? Was?
... im Alter von 18 bis 22.
DODOM

月行事予定表
Und genau für diese Altersgruppe gibt es eigens ein Frühübergabesystem.
Das Individuum entscheidet selbst, ob es diesen Service in Anspruch nehmen möchte ...
DODOM
Hä?! Was will sie mir damit sagen? Was soll das alles?!
DODOM
... aber ich kann nur sagen, Amazawa, du hast beim letzten Test wirklich hervorragende Ergebnisse erzielt!
DODOM
DODOM

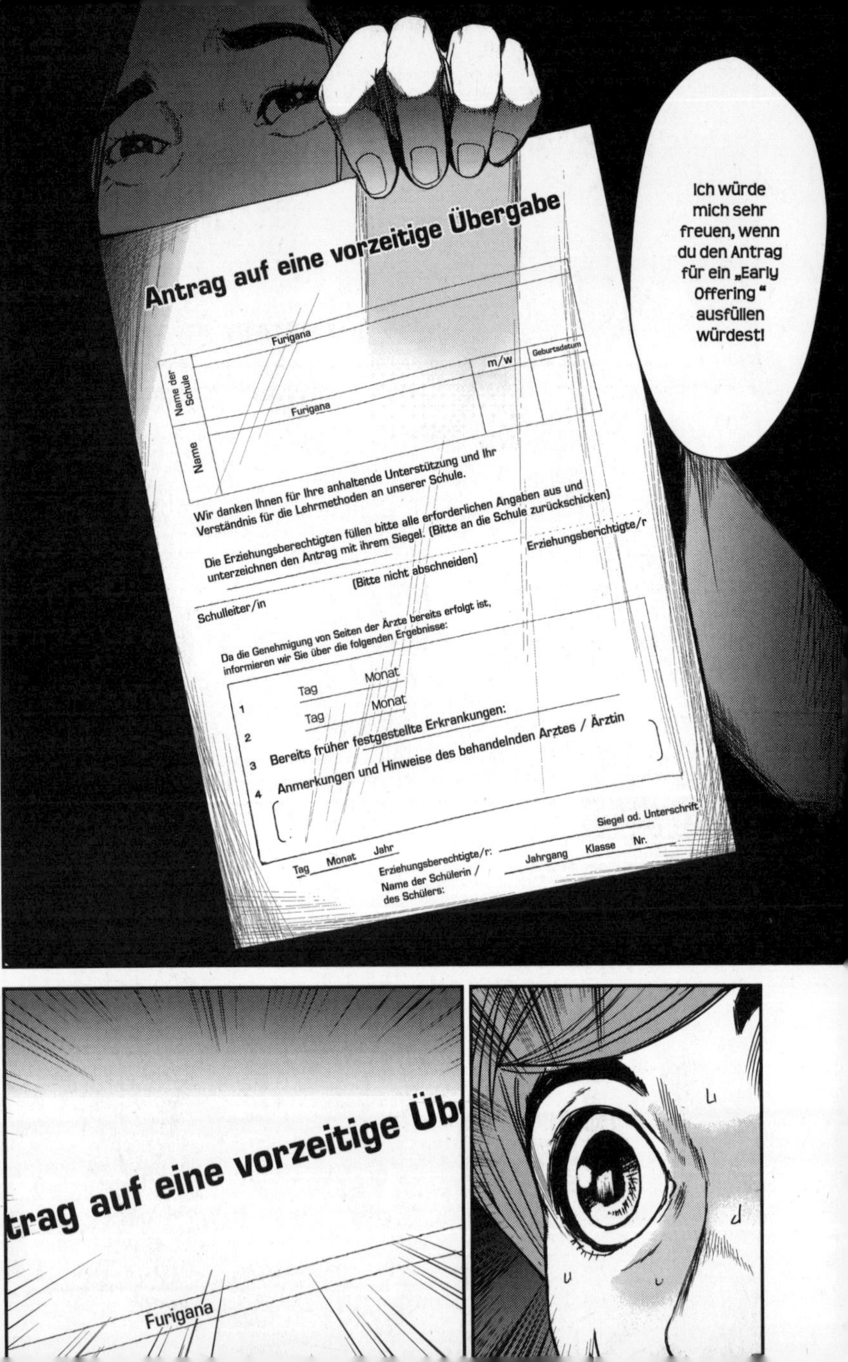
Ich würde mich sehr freuen, wenn du den Antrag für ein „Early Offering“ ausfüllen würdest!
Antrag auf eine vorzeitige Übergabe
Furigana
Name der Schule
m/w
Geburtsdatum
Furigana
Name
Wir danken Ihnen für Ihre anhaltende Unterstützung und Ihr Verständnis für die Lehrmethoden an unserer Schule.
Die Erziehungsberechtigten füllen bitte alle erforderlichen Angaben aus und unterzeichnen den Antrag mit ihrem Siegel. (Bitte an die Schule zurückschicken)
Erziehungsberichtigte/r
(Bitte nicht abschneiden)
Schulleiter/in
Da die Genehmigung von Seiten der Ärzte bereits erfolgt ist, informieren wir Sie über die folgenden Ergebnisse:
1 Tag Monat
2 Tag Monat
3 Bereits früher festgestellte Erkrankungen:
4 Anmerkungen und Hinweise des behandelnden Arztes / Ärztin
Siegel od. Unterschrift
Tag Monat Jahr
Erziehungsberechtigte/r:
Jahrgang Klasse Nr.
Name der Schülerin / des Schülers:
trag auf eine vorzeitige Üb
Furigana

Aber ... W-Wenn ich das unterschreibe, dann ...
Wirst du so schnell wie möglich geopfert, sobald du 18 bist!
18 ... Also nächstes Jahr schon!
Ich soll verfüttert werden?!
Ähm ...
Na? Was sagst du? Das ist eine einmalige Chance!
Ich muss weg! Ich muss sofort hier weg!
Wie komm ich aus der Nummer wieder raus?
Ich ... muss mir was überlegen! Ich muss ablehnen ...
Hmmm ...
Oh? Was seh ich denn da?

Will da etwa jemand Frühcharge werden?! Ho!
Wie?!
Ah, ja ...
Ganz recht, Herr Mori! Ich habe ihm eben das Antrags-formular ausgehändigt!
KLATTER
Ach? Wirst du etwa der Glückliche sein, Amazawa?
So ist es! Unser Hiro möchte sich bereiterklären! Ist das nicht großartig?!
Ich hatte auch mal 'ne Zeit, wo ich unbedingt vorzeitig geopfert werden wollte!
Ach? Wie schön!
Mensch, Awazawa! Das ist doch mal was! Du wirst den Antrag direkt ausfüllen, oder?!
Was? Ähm ...
Also ... Ich ...

Wenn du dir so 'ne Chance entgehen lässt, dann ist dir nicht mehr zu helfen! Da würden dich die Leute ja glatt für steinigen, haha!
Ähm, ich, äh ... I-Ich muss leider los!
FWSCH
Ach, sieh an! Ein Antrag auf „Early Offering"?!
Das ist ja fantastisch, Amazawa! Richtig toll von dir!
WAAH
Oho! Will er Frühcharge werden?
WAAH
WAAH
WAAH
Und als Schüler unserer Schule! Klasse!
Deine Eltern werden sicher stolz auf dich sein!
WAAH
Hm? Was ist, Amazawa?
Willst du nicht unterschreiben?

Hast du etwa Angst vor dem Tod?
Was ... passiert hier?!
Was ... wollt ihr alle von mir?!

I-
I-In Ordnung ...
Nein! Scheiße, nein! Was sag ich denn?!

PSCHHHH
Wie lange willst du mir noch hinterher-schleichen?
Hm? Was willst du von mir?

KNAAARZ
Ich will ... mit dir reden, Machine ...
QUIE
Worum geht's?

Hast du unter-schrie-ben?
E-Es ging nicht anders!
Unter Druck knickst du schnell ein, was?
Sei nicht so ...
KNARZ
Was sollte er denn tun?

Unter den Umständen hätte den Wisch doch jeder unterzeichnet.
Hoaki ...
W-Was passiert jetzt mit mir?!
Was mit dir passiert?
Das hast du doch sicher schon gehört, oder?
Eines Morgens wird 'ne dicke schwarze Luxuskarre vor deinem Haus halten ...
... und ein Typ mit Frack und Fliege, der Beamter am Hof ist ...
... wird dich abholen kommen.

Deine Eltern und alle Nachbarn aus dem Viertel verabschieden dich dann mit viel Jubel ...
... bevor du in den Wagen steigst und übergeben wirst.
...
Danach bereiten talentierte Sterneköche dich ordentlich zu.
Manchmal wird auch roh verköstigt.

Ich ...
... will nicht sterben! Ich hab höllische Angst davor! Aber ...
... was noch tausendmal schlimmer ist, ist, dass der einzige Mensch, den ich wirklich gernhab ...
... auch sterben wird ...

Warum müssen alle um mich herum sterben?
Wieso sterben nicht nur die, die es auch wirklich wollen?!
Hey!
Hm?
BWOCK

W-
Was
tust
du ...
SCHLOTTER
SCHLOTTER
Sieh's
dir an!

Hm?
Was ist das? Da steht was drunter, oder?
Ja. Siehst du‘s?
Wenn wir’s abziehen, dann ...
RATSCH
Ah!
Aber wenn du das machst ...
Ist doch egal!
Hier, schau!
Oh ...

Ich hab Angst!
Ich hab Angst!
Ich hab Angst!
Ich will ...
... nicht sterben!
Helft mir bitte!
Ich will noch nicht sterben!
Da haben sich schon einige verewigt ...
Was ...
„Ich will noch nicht sterben ...“
„Helft mir bitte ...“
„Ich hab Angst ...“
Tja ... So läuft das wohl ...

Wenn feststeht, dass sie als Charge verschickt werden, schweben die meisten erstmal im siebten Himmel und können es kaum erwarten.
Aber sobald sie allein sind, legt sich schlagartig dieses mulmige Gefühl auf die Brust und sie verspüren schreckliche Angst ...
Ich will nicht ster...
Irgendwann halten sie's nicht mehr länger aus und müssen ihre wahren Empfindungen irgendwie in Worte fassen ... Es muss alles raus ...

Aber unsre Obrigkeiten wollen das natürlich unbedingt vertuschen. Also malern die Behörden lieber drüber, damit keiner davon Wind kriegt.
Doch es wird wieder passieren, dieselbe Scheißsituation, dieselben Gefühle und wieder wird jemand seinen Hilferuf an die Wand kritzeln.
*Helft mi…
Und wieder malern sie drüber, um es verschwinden zu lassen.
Bis sie am Ende die ganze Wand neu fliesen, damit auch wirklich alle Spuren beseitigt sind.
**Ich will nicht sterben!

So lassen sich unliebsame Stimmen und Opposition geschickt zum Schweigen bringen und vor aller Augen verbergen.
Und mit der Zeit vergessen die Menschen, dass es so etwas wie Kritik, Opposition oder Widerstand überhaupt gibt, bis sie eines Tages komplett auf ihr eigenes Denken verzichten.
So als hätte es sie nie gegeben.

Und dadurch formen sie die vollkommene Gesellschaft. Eine Gesellschaft, in der jeder Einzelne sich danach sehnt, eines Tages verspeist zu werden und wo es für die Menschen nichts Erfüllenderes mehr gibt.
W-Woher wissen sie ... das alles ...
DING DONG DANG DONG
LIEBE SCHÜLERINNEN UND SCHÜLER, HIER SPRICHT DIREKTOR TAKAHASHI.

ICH HABE EINE ...
... SEHR ERFREULICHE NACHRICHT FÜR UNS ALLE!
DENG
Unsere Schule hat soeben eine höchst ...
HFF
HFF

... ehrenhafte Mitteilung bekommen, die ich euch natürlich nicht vorenthalten will.
Was kommt jetzt?
Pff ...
So wie's momentan da draußen aussieht, kannst du drauf wetten, dass es nichts Gutes sein wird.

STARVING ANONYMOUS
re:velation

Was willst du mal werden, wenn du groß bist, Yuzu?
#4
Ich möchte eine Speise für unsere Hoheiten werden!
Ach, wie schön, mein Kind!
Ja!
Um mir diesen Traum zu erfüllen ...
... übte ich mich in Mäßigkeit, habe eifrig gelernt und stets mein Bestes gegeben.
Und als mein langersehnter Traum endlich Wirklichkeit wurde ...
... wagt er es einfach, so was zu mir zu sagen!

なつめ
Ich will nicht, dass Menschen, die ich gernhab, sterben müssen.
Menschen, die er gernhat? Meint er etwa mich damit?
Hm? Moment mal ... Im Ernst jetzt?
Mir war das so peinlich und ich war dermaßen überrascht, dass ich gar nicht wusste, wie ich darauf reagieren soll ...

Ich meine, wenn er mit so was ankommt ...
... und plötzlich SO WAS zu mir sagt ... Hallo?
Was findet er denn überhaupt gut an mir?
Hey, Yuzu ...
Yuzu! Hey!
Hm?
Wo gehst du hin, die Turnhalle ist hier drüben!
Ah ... Ja, komme schon.
Wisst ihr, was los ist?
RAUN
RAUN
RAUN

MEINE LIEBEN, ENTSCHULDIGT BITTE, DASS ICH EUCH NACH SCHULSCHLUSS NOCH MAL HIERHERGEBETEN HABE.
ICH WURDE SOEBEN VOM HOFAMT DARÜBER INFORMIERT …
… DASS UNSERE OBERSCHULE, DIE RINDO 62 IN KÜRZE …
… VON DEN HOHEITEN HÖCHSTSELBST INSPIZIERT WIRD.

WAAAAAAAAAH
ES WURDE OFFIZIELL BESCHLOSSEN, EINEN KONTROLL-BESUCH BEI UNS AM HAUSE DURCHZUFÜHREN.

YEEAAAH
Das gibt's ja nicht!
Kyaah! Wie cool!
WOOOAAAAAH
Vielen Dank! Vielen, vielen Dank!
OOOOOH
WAAAAAH
Ruhe! Ruhe bitte!
Beruhigt euch wieder!
Hey, jemand vom Gesundheitskomitee!
Nakamoto ist ohnmächtig geworden!

HURRAAAAA
Hurra!
Hurra!
KLAPP
KLAPP
KYAAAAH
KLAPP
KLAPP
JAAAA
RUHE!
WAAAAAAAH
RUHE BITTE!

DAS FLEISCH DER VOR KURZEM ALS CHARGE AUSGEWÄHLTEN YUZU HASUNUMA DER KLASSE 2-C …
… WAR VON SOLCH HERAUSRAGENDER QUALITÄT, DASS DIE HERRSCHAFTEN ÄUSSERST INTERESSIERT AN IHREM FAMILIÄREN, ABER AUCH GESELLSCHAFTLICHEN UMFELD SIND.
DARUM WURDEN SOWOHL EINE HAUSINSPEKTION WIE AUCH EIN SCHULBESUCH ANGEFORDERT.
Was?!
TCH!
AN BESAGTEM TAG WIRD UNSER SCHULHAUS EINE OFFIZIELLE WILLKOMMENS-ZEREMONIE ABHALTEN!
DIE ZEREMONIE WIRD VON DER SCHÜLERVERSAMMLUNG ORGANISIERT …
… DARUM GEBE ICH NUN DAS WORT AN DEN VORSTAND.
TMP

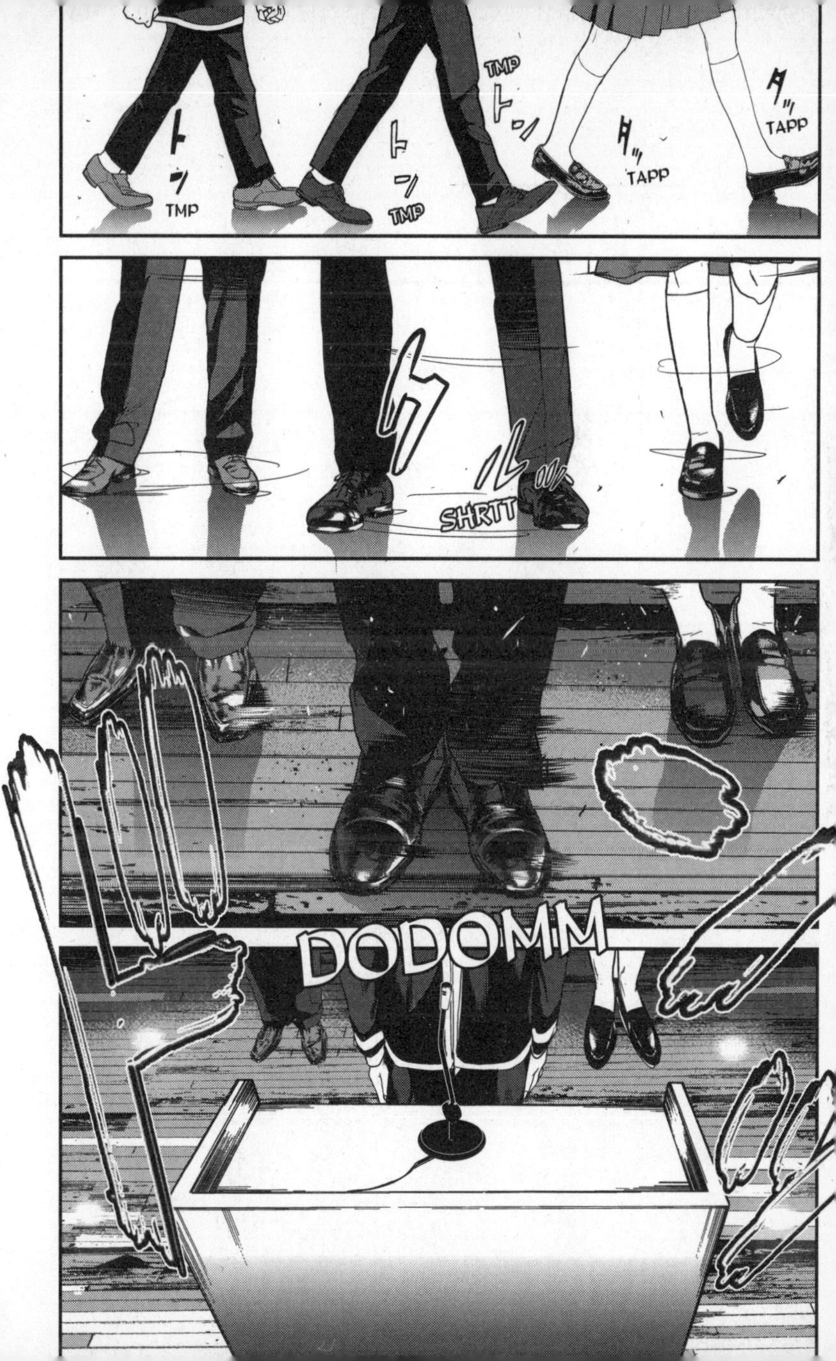
TAPP
TAPP
TMP
TMP
TMP
SHRTT
DODOMM

Ich bin Hiiragi ...
... Präsident der Schülerversammlung!
KYAAAAAAAAH

Wie der Direktor es eben schon angekündigt hat, werden wir als Schülerversammlung die Leitung für die bevorstehende Willkommenszeremonie unserer Gäste übernehmen.
OOOOOH
Sind wir als Schülerinnen und Schüler der Rindo 62 aber überhaupt imstande, eine derart wichtige Verantwortung zu tragen?
Die Antwort darauf lautet leider „Nein“!
SCHRECK
SCHWEIGEN
Denn als Schülerschaft sind wir unfähig und hilflos.
Unsere Kleidung, unsere Taschen, unsere Schuhe, im Grunde alles ist Eigentum unserer Eltern.
Wir besitzen weder die Kraft noch das Wissen eines Erwachsenen.
Das Einzige, das wir besitzen ...

... ist unser Fleisch und Blut!
Tch ... Jetzt kommt's ...
DOMM
Nur aufgrund der Herrschaft unserer himmlischen Wesen ...
... sind wir überhaupt imstande, ein gutes Leben zu führen!
Die Zeremonie ist somit eine Chance, den Hoheiten unsere Dankbarkeit zu zeigen! So eine Gelegenheit bietet sich nur einmal im Leben!
JA! SO IST ES!

Wir sind jetzt alle gefordert! Es ist an der Zeit, unser Fleisch und Blut, unsere Haut und Knochen, ja selbst jede einzelne unserer Zellen den Hoheiten schonungslos und freigiebig darzureichen!
Sollten die himmlischen Wesen sich nicht genüsslich an uns laben und verköstigen dürfen?! Opfern wir ihnen also alles, was wir zu bieten haben!
JAAAAAAA

Ich frag mich, was am Ende passieren wird ...
Na ja ... Ist im Grunde wie die Meerbrasse und der Butt im Drachenpalast .
Was? Fische?
Ach komm, das kennst du doch. Der junge Fischer, der die Schildkröte rettet?

Danach wurde er in den Drachenpalast eingeladen.
Dort bereiteten sie dem Retter ein üppiges Festmahl und die Fische führten ein Tänzchen auf.
Ja, die Story kenn ich, aber ...
Für den Fischer sind die Tiere Nahrung.
Er fängt sie, kocht sie ...
... und verspeist sie.
Während die anderen Fische zusehen, wie ihre Kameraden gefressen werden ...
... und weiter ihren Tanz aufführen.
Und das Gleiche ... werden wir auch tun?
HI HI
HI
HI

Pfwuahahahahaha!
Aaah, wie geil!
Zu gut, um wahr zu sein, oder?! Haha!
Aber was sind die Hoheiten eigentlich?

In unseren Textbüchern werden sie ständig erwähnt, aber ...
(Die himmlischen Wesen und wir)
... ich hab noch nie eins der himmlischen Wesen in echt gesehen.
Es ist verboten, sie zu fotografieren oder zu filmen. Du darfst nicht mal ein Bild von ihnen zeichnen.
Ich frag mich, ob sie echt wie Götter aussehen.
Wie sieht ein Gott denn aus?
Hm ... Wenn du so fragst, kein Plan ...
Ich frag mich nur, wie sie in Wirklichkeit sind ...
Willst du mal einen sehen?

Hm?
Ich feier's momentan voll, einen von den kleinen Scheißern mit mir rumzuschleppen!
Was?

Eh?
Ist das ... eine Puppe?
Was ...
... ist das?

FLICK
HIIIH!
SPRATZ!
BWÖRGH
Urgh ...
FLOTSCH

Bäh! Was ist das?!
Igitt, das stinkt!
KLAPPER
KLAPPER
Hihihi!
Eh? Was? Was ist das, Hoaki?
Einer von ihnen.
KLAPPER
KLAPPER
Nein, oder?
GRPP

HEY, DU PENNER!
Hihihi!
WO ZUR HÖLLE HAST DU DAS VIEH HER?!
GRR
Oh! So wütend kenn ich dich ja gar nicht, Machine!
Eh? Was?
Dann ...

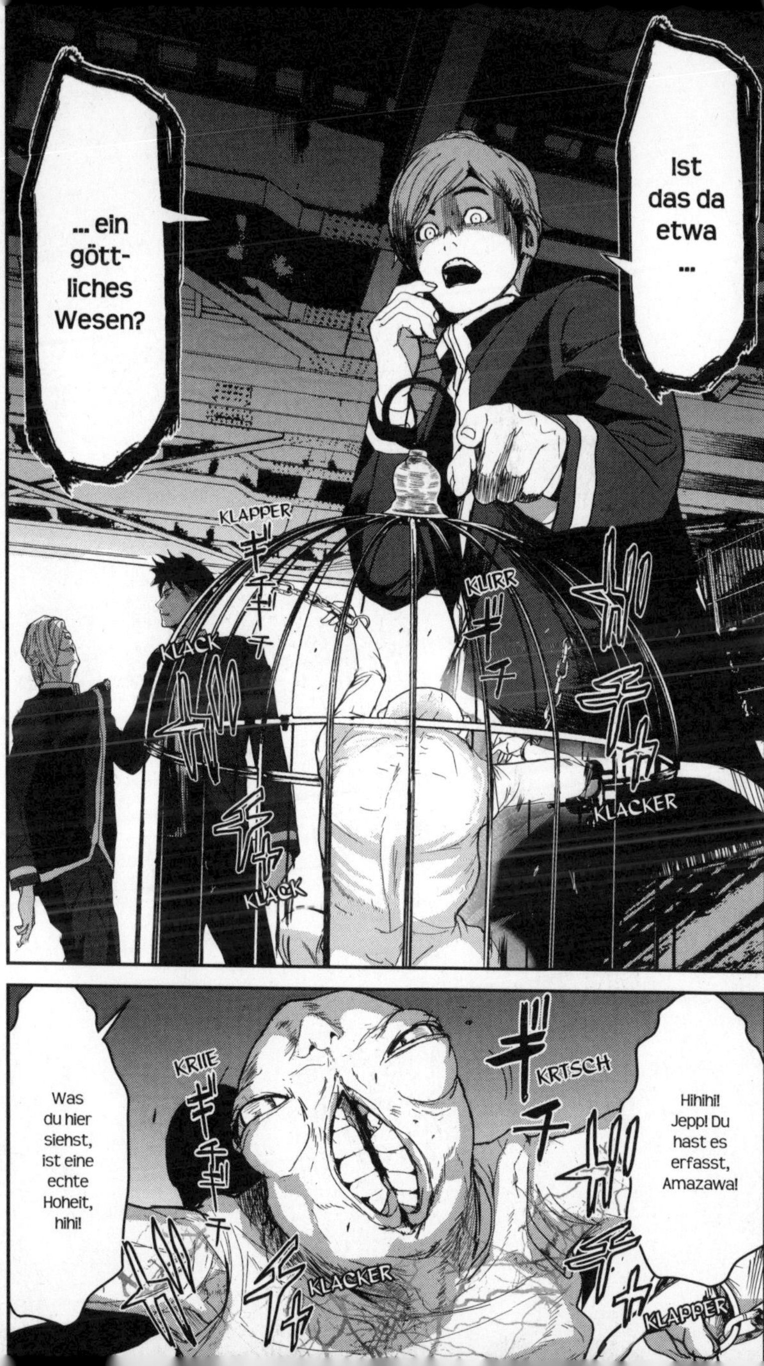
Ist das da etwa ...
... ein göttliches Wesen?
KLAPPER
KURR
KLACK
KLACKER
KLACK
Hihihi! Jepp! Du hast es erfasst, Amazawa!
Was du hier siehst, ist eine echte Hoheit, hihi!
KRTSCH
KRIIE
KLACKER
KLAPPER

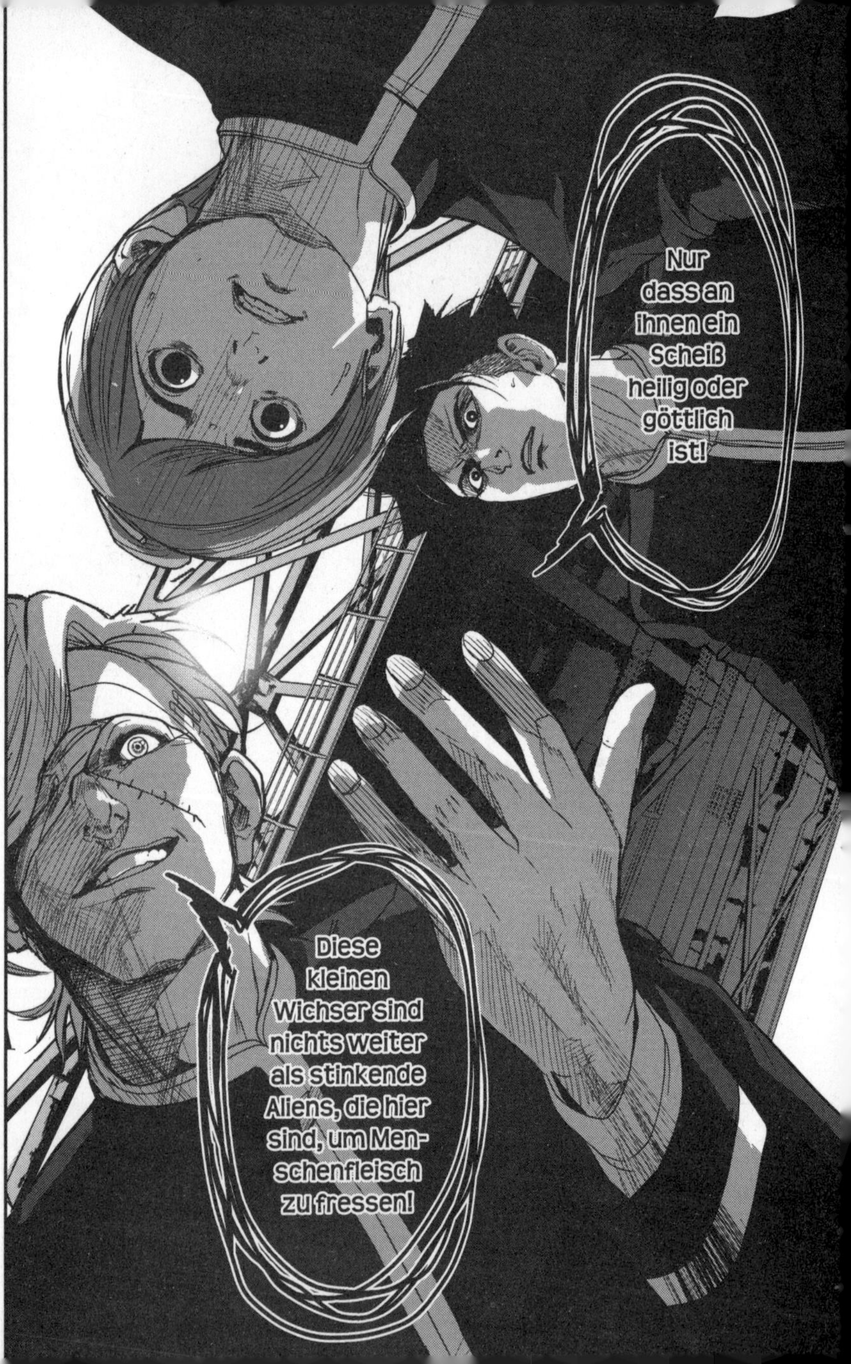
Nur dass an ihnen ein Scheiß heilig oder göttlich ist!
Diese kleinen Wichser sind nichts weiter als stinkende Aliens, die hier sind, um Menschenfleisch zu fressen!

STARVING ANONYMOUS
re:velation
#5
Vor langer Zeit …
Diese Kreaturen modifizierten die Spezies der Affen und erschufen auf diese Weise den „Menschen", ein Wesen, das sich unerschöpflich fortpflanzen und gleichzeitig andere Arten vernichten konnte.
Und dann …
… als sämtliche Ressourcen ihres eigenen Planeten aufgebraucht waren …
… kamen Wesen zu uns auf die Erde, die nach neuer Nahrung im gesamten Universum suchten.

… kam die Zeit der Ernte.
Sie fingen die Menschen ein, domestizierten, züchteten und vermehrten sie …
… und erreichten auf diese Weise ein stabiles und unerschöpfliches Nahrungsangebot für ihre gewaltigen Körper.
Es schien, als hätten sie einen perfekten Zustand der Koexistenz mit den Menschen erschaffen, in dem immerzu die Regel galt …
… „Fressen und gefressen werden“ …
Doch dann …

… kam es zur Rebellion, die Menschen widersetzten sich …
… und kämpften unerbittlich, bis die Wesen beinahe vollständig ausgelöscht waren.
Doch sie hatten längst einen Plan B in der Hinterhand.
Anstatt die Menschheit mit Gewalt zum Gehorsam zu zwingen …
… strebten die Wesen danach, eine Welt zu erschaffen, in der die Menschen sich bereitwillig unterwerfen lassen und glücklich darüber sind.

So haben sie ihre Schachfiguren inmitten der menschlichen Gesellschaft positioniert.
Nur so konnten sie im Laufe der Zeit Politik, Bildung, Behörden und Medien geschickt unterwandern ...
... und nach vielen Jahren der subversiven Invasion die Kultur und die menschlichen Werte vollständig zu ihren Gunsten verändern.
Irgendwann begannen die Menschen sie als „göttliche oder himmlische Wesen“ zu verehren und bereitwillig ihr Leben für sie zu opfern.
Und sie, die als Prädatoren inzwischen an der Spitze der Nahrungskette standen, fanden in unserer Erde den idealen Brutplatz und Rückzugsort für ihre Art.

Und so leben sie glücklich bis ans Ende ihrer Tage. Hohoho!
Hoaki ...
Verrat mir endlich, wo du das Vieh herhast?
Hm, tja, lass mich mal überlegen ... Wo hab ich das Vieh gleich wieder her ...
Mmh, nö. Sag ich dir nicht.

BWOCK
GRAPP
Willst du zum Hofamt gehen und es zurückgeben, oder was?!
Inzwischen wissen die doch längst, dass der kleine Scheißer ihnen abgeht und suchen sicher schon fieberhaft nach ihm! Ist nur 'ne Frage der Zeit, bis sie ihn finden!

Oder willst du das Ding lieber gleich killen und hier an Ort und Stelle loswerden, hm?!
Aber wenn sie das rauskriegen, reißen die uns so richtig den Arsch auf, das kannst du mir glauben! Hehehe!
DU ... DUMMER WICHSER ...
Ähm ...
Was?
Ist das wirklich eine Hoheit?
D-Darf ich es einer Freundin von mir zeigen?!
Aber hallo!
Haa?!

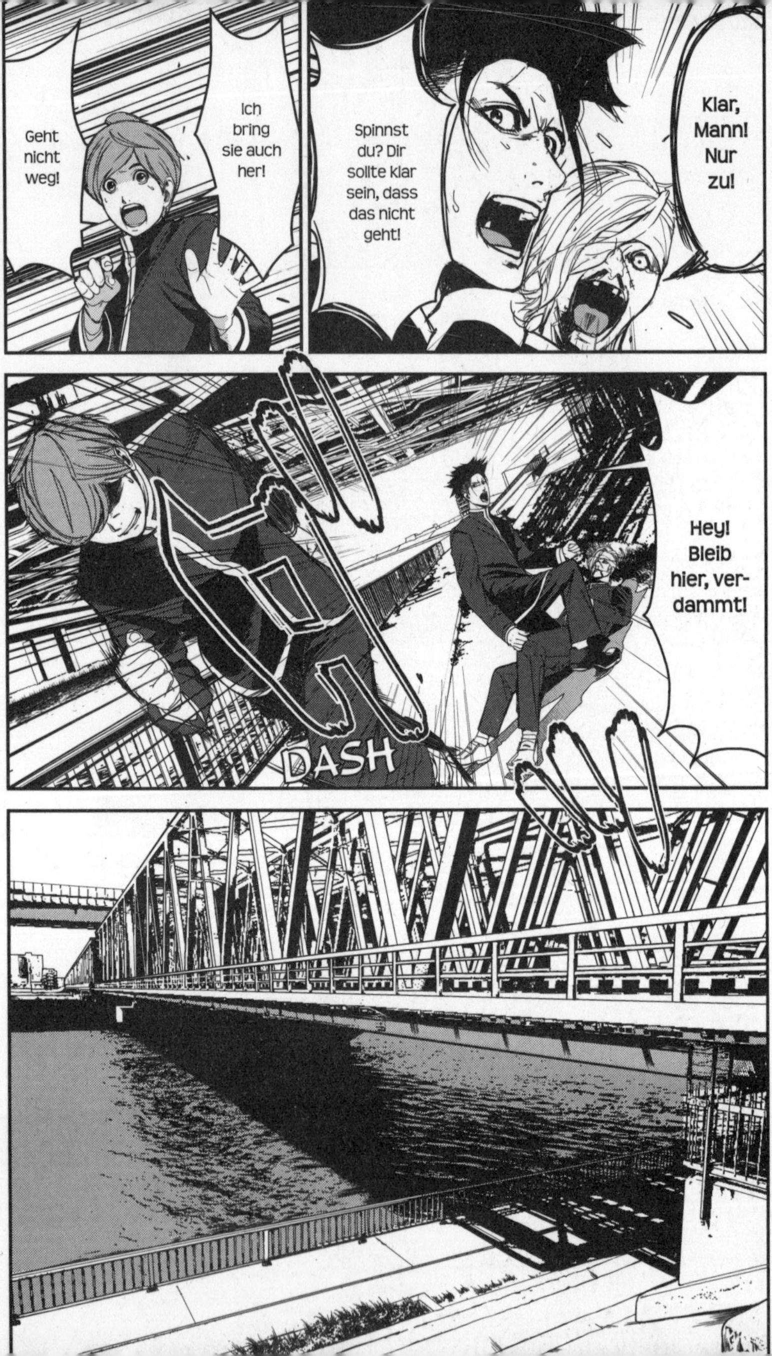
Klar, Mann! Nur zu!
Spinnst du? Dir sollte klar sein, dass das nicht geht!
Ich bring sie auch her!
Geht nicht weg!
Hey! Bleib hier, verdammt!
DASH

TMP
TMP
TMP
TMP
TMP
Ich muss das unbedingt Yuzu zeigen!
Sie muss dieses Monster sehen!
Ich muss es ihr zeigen, damit sie endlich erkennt, was hier los ist!
Nichts ist herrlich daran, von diesen Aliens gefressen zu werden!
Wir müssen verschwinden!

Ja! Ich muss mit Yuzu abhauen!
Nur so können wir beide überleben!
SCHRUBB
SCHRUBB

Die Hoheiten werden uns mit ihrem Besuch beehren!
SCHRUBB
SCHRUBB
SCHRUBB
SCHRUBB
SCHRUBB
SCHRUBB
SCHRUBB
SCHRUBB
SCHRUBB
SCHRUBB
SCHRUBB
SCHRUBB
SCHRUBB
SCHRUBB
Schrubbt, poliert und wischt Böden und Fenster! Alles blitzeblank, als würdet ihr davon essen wollen!
QUIEP
QUIEP
GWAAAH

SCHRUBB
Hey ...
SCHRUBB
... wo ist Yuzu?
SCHRUBB
SCHRUBB
Hm? Ah, du meinst Hasunuma ...
Sie muss im Budokan-Haus bleiben.
PLATSCHHH

HAAH!
Ob ich direkt verspeist werde, sobald ich den himmlischen Wesen begegne?
PSCHHH
HAAH!
Und dann ... werde ich sterben ...
PLTSCHH
Bis es so weit ist, darf ich niemanden mehr sehen und muss mir zur Reinigung dreimal täglich Wasser über den ganzen Körper schütten.
HAAH!
Das ist echt verdammt hart!
SCHHHH

Ich will nicht, dass Menschen, die ich gernhab, sterben müssen.
Ich ...
... erinnere mich wieder an Hirokis Worte ...
TOCK TOCK
Hasun-uma ...
Verzeih bitte. Ich bin's ...
... Hiiragi.
J-Ja?
Keine Angst, ich werde nicht reinkommen.
Ich möchte dir nur zu deinem ruhmreichen Los gratulie-ren.
Oh ... Danke.

Dir ist hoffentlich klar, dass beim jetzigen Besuch der Hoheiten die große Wahrscheinlichkeit besteht, dass sie den Anlass nutzen werden und dich direkt verspeisen, oder?
Ja ...
Wenn es allerdings so weit ist, und wir dich opfern, wirst du schon nicht mehr bei Bewusstsein sein.
AH . . .
Ich fände es sehr schade, wenn man ...
... diesen wichtigen Moment nicht miterleben kann.
Ah ...
Ja ... Ähm ...
Deshalb möchte ich dir etwas vorschlagen.
Ein Freund meines Vaters ist der Leiter eines großen Krankenhauses.

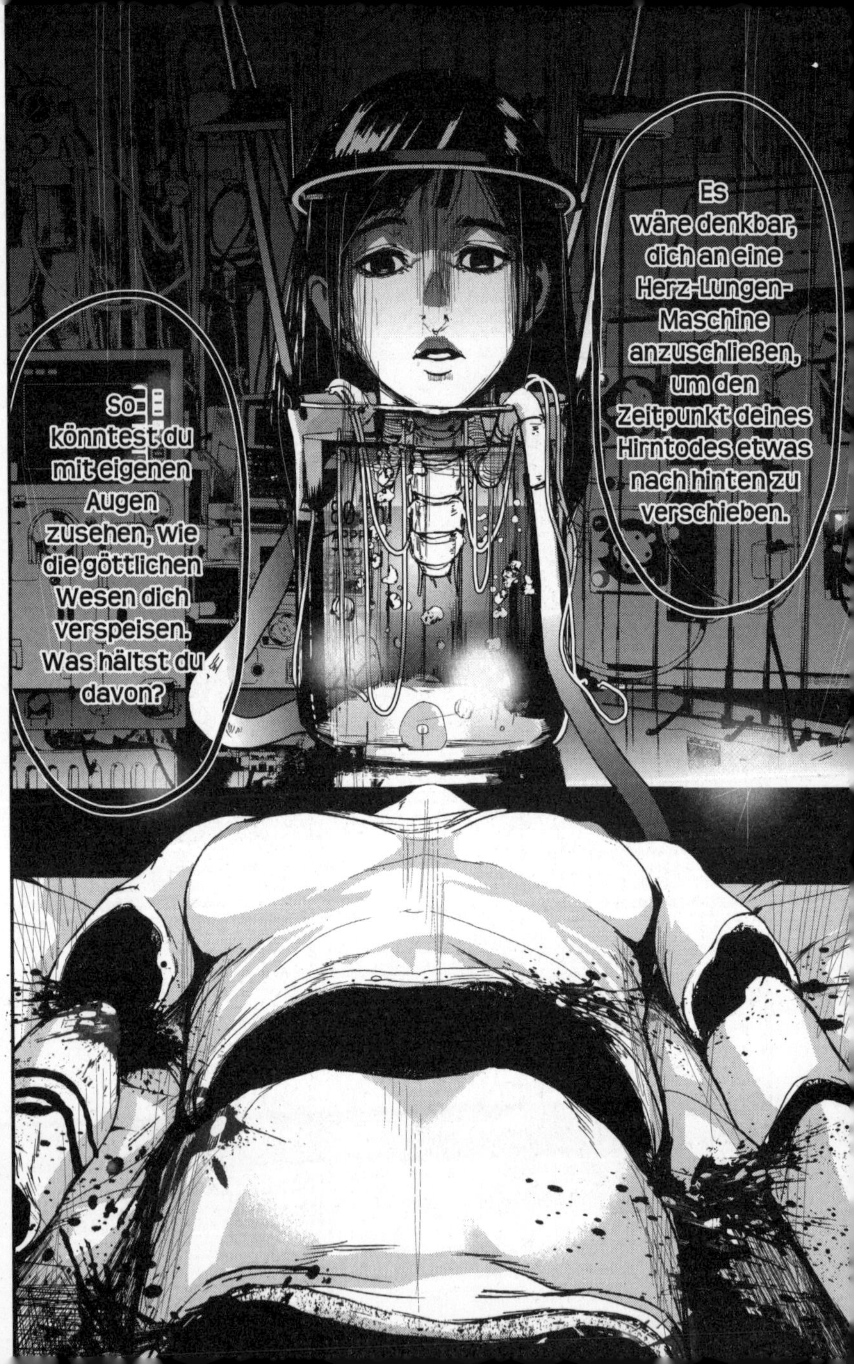
Es wäre denkbar, dich an eine Herz-Lungen-Maschine anzuschließen, um den Zeitpunkt deines Hirntodes etwas nach hinten zu verschieben.
So könntest du mit eigenen Augen zusehen, wie die göttlichen Wesen dich verspeisen. Was hältst du davon?

Ich will versuchen, dass wir die Maschine für dich ausleihen dürfen.
Ah, ähm, aber ...
Ich soll zusehen, wie sie mich fressen?!
I- Ich ...
... brauche das nicht!
Echt nett, danke. Aber ich komm auch so zurecht!
Was?
KATSCHACK

Oh Gott ... Was mach ich denn jetzt?
Ich glaube, langsam bekomme ich doch ...
... Angst!

#6
Meine zweite Mahlzeit am dritten Tag der Selbstisolation.
Um den Körper zu reinigen, verzichte ich auf die fünf Getreidearten.
Dazu zählen Reis und Weizen, Hirse sowie Bohnen, Erbsen und andere Hülsenfrüchte.
Mein Grundnahrungsmittel sind gekochte Soba mit eingelegtem Gemüse (auch Pflaumen) und eine Suppe mit Seetangbrühe.
Es hat so gut wie keinen Geschmack.

STARVING ANONYMOUS
re:velation
Ich darf nur weiße Kleidung tragen.
Um Befleckung und Verunreinigung zu vermeiden, ist mir jeglicher Kontakt zur Außenwelt untersagt.

Um auch die Speisen nicht zu verunreinigen, verwendet das Personal Masken.
Hinzu kommt die Reinigung mit Wasser dreimal täglich.
Schlafenszeit ist von 10 bis 6.
Die restliche Zeit dient der Anbetung ...
Ich bete für eine langandauernde Herrschaft unserer Götter und für das ewige Fortbestehen und Gedeihen ihresgleichen in der Zukunft.
... und meiner Danksagung an die Hoheiten.

Wenn Sie ent-schuldigen.
Danke für deine Mühen.
FWSCH
RATTER
RATTER
RATTER

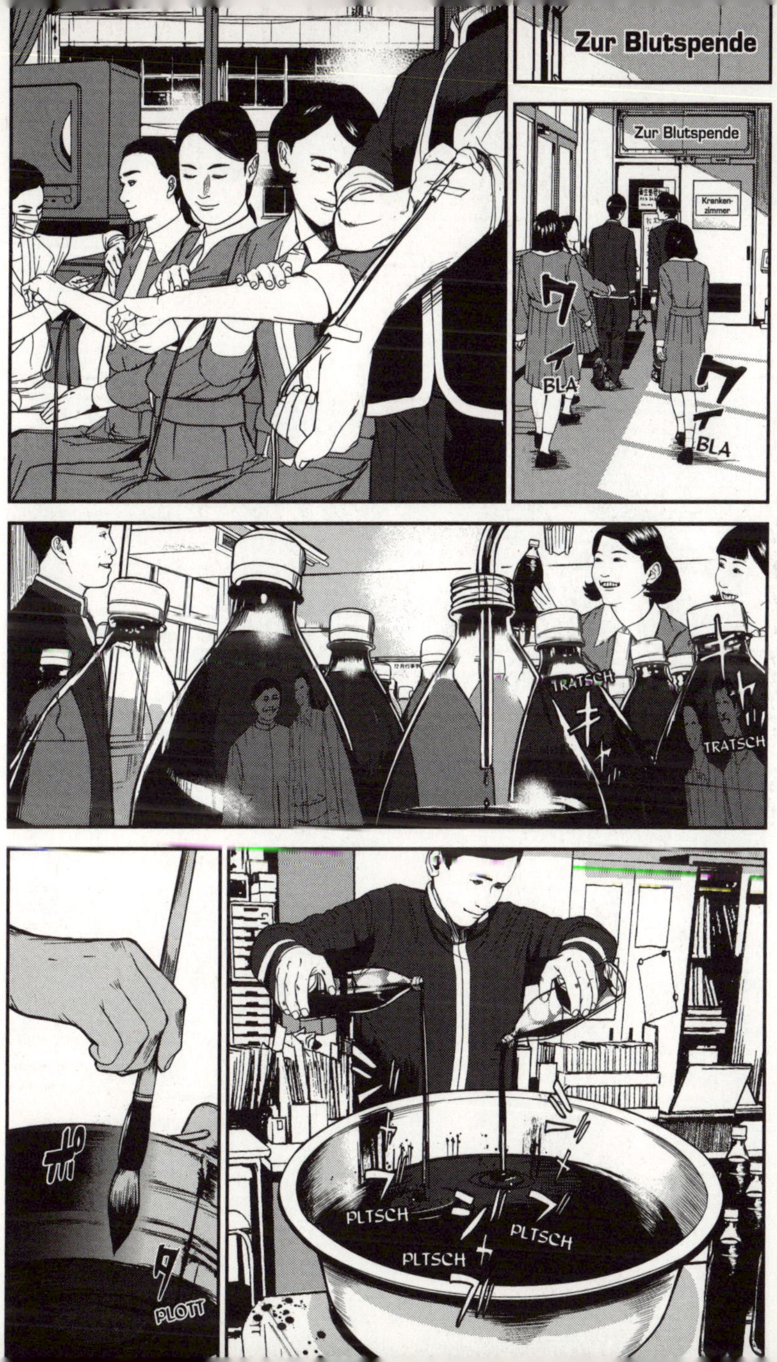

Zur Blutspende
Zur Blutspende
Kranken-
zimmer
BLA
BLA
TRATSCH
TRATSCH
PLTSCH
PLTSCH
PLTSCH
PLOTT

*Willkommen
*Willkommen

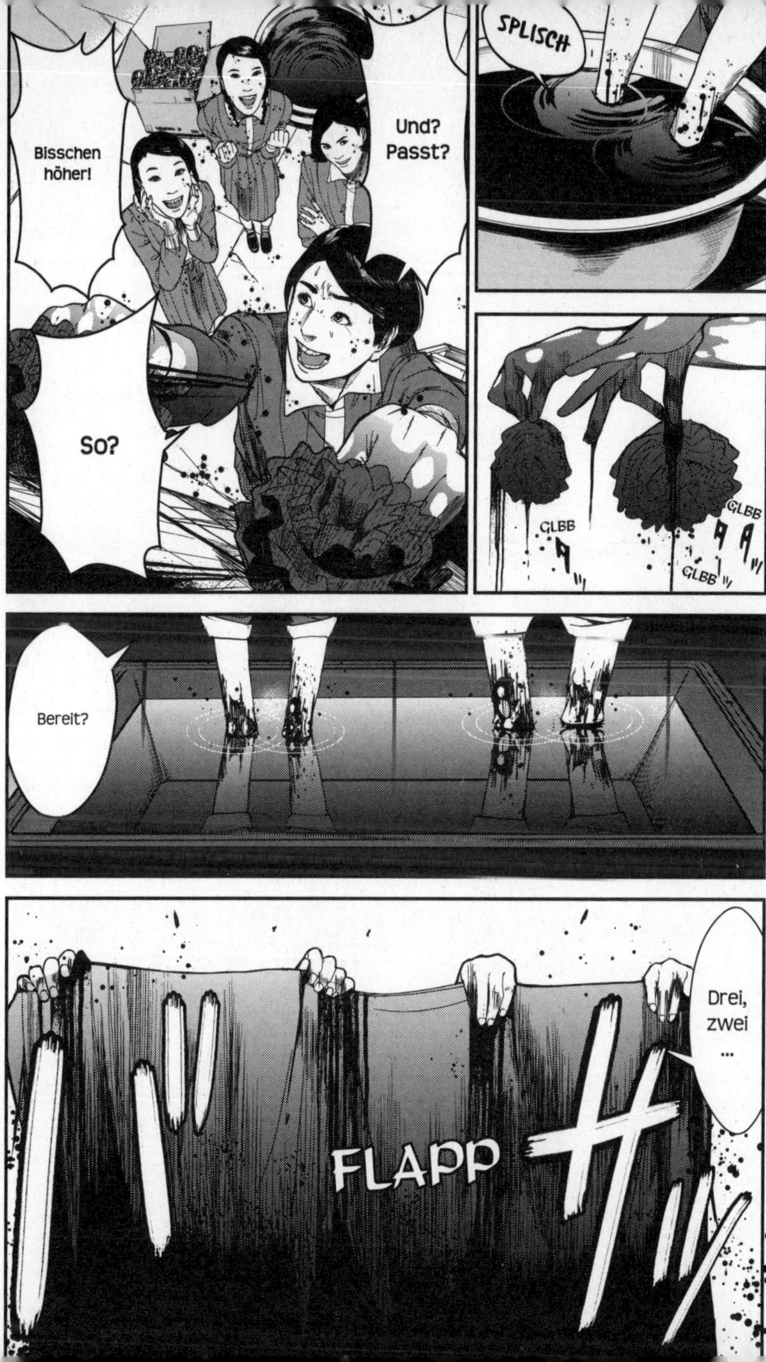
SPLISCH
Und? Passt?
Bisschen höher!
So?
GLBB
GLBB
GLBB
Bereit?
Drei, zwei ...
FLAPP

*Ein Hoch auf unsere Götter!   **Wir sind so dankbar!   ***Willkommen

WAAH
WAAH
Um die Zeit scheint nur ein Typ vor der Tür Wache zu halten ...
Okay ...

Halte durch, Yuzu! Ich hol dich da raus!
BABUM
BABUM
PACK
BABUMP
Auf geht's!
Dachte mir schon, dass du hier bist .
Machine!

Was hast du vor?
Was ... Tja ...
Willst du die Kleine etwa retten?
Ja! Wir müssen sie da rausholen! Hilfst du mir, Machine?
Es steht nur einer Wache! Wenn wir beide gehen, könnten wir den Typ ...
Mach das nicht ...

Was? Aber ... Ich muss ...
Hör mir zu ... Ich will diese Welt auch in die Hölle schicken, glaub mir.
Aber ...
... wir müssen nach Plan vorgehen und nicht Hals über Kopf.
Aber dann ...
Wir können jetzt keinen Wirbel gebrauchen!
Dann wird Yuzu aber ...
PACK

POMM
Ama-zawa ...
WAAH
WAAH
Sorry, Kleiner ...
KLONG
KLONG
KLONG
天人様万歳
Gib's auf, es bringt nichts ...

PLATSCH
PLATSCH
...

FUUH
FUUH
KLINGELING
Sie sind hier!
チリーン
DRINGELING

チーン
DRINGELING
チーン
KLING
ドドド
DWOOOOOO

キーリーン
DRINGELING
天人様万歳
感謝します
歓
プシューッ
PSCHH
キキィ
KRIIE
ガタン
KATACK
QUIEEEETSCH

GROOOOOH
HAH
FUH
HFF
HFF

HAH
FUH
FUH
FUUH
HAAH
HAAH
PLTSCH
PLTSCH
FORTSETZUNG FOLGT!

VORSCHAU
Yuzu, die den himmlischen Wesen geopfert wird.
Ein dreifaches Hoch auf die Götter!
Ein Bankett aus blutgetränktem Menschenfleisch!
HANDEL ERHÄLTLICH!

Machines Klinge und ...
Ein dreifaches Hoch auf die Götter!
... Amazawas Zorn werden entfesselt!
SPROTZ
Das Fleischopfer wartet geduldig auf den Tod!
BAND 2 – SCHON BALD

SUTOPPU!

**Koko wa kono manga no owari dayo.
Hantaigawa kara yomihajimete ne!
Dewa omatase shimashita!
Tanoshii hitotoki wo dozo!**

Egmont-Manga-Chiimu

STOPP!

**Das ist der Schluss des Mangas.
Fangt bitte am anderen Ende an!
Und nun genug der Vorrede,
viel Spaß beim Lesen!**

Euer Egmont-Manga-Team

www.egmont-manga.de
Unsere Bücher findest du im
Buch- und Fachhandel und auf
EGMONT Shop
www.egmont-shop.de

KODANSHA

„Starving Anonymous Re:velation 01“ von
Yuu Kuraishi / Kazu Inabe / Kengo Mizutani
Aus dem Japanischen von Martin Gericke
Originaltitel: „Shokuryou Jinrui Re:
Starving Re:velation“ vol. 01

Originalausgabe:
SHOKURYOU JINRUI RE: STARVING RE:VELATION vol. 01
© 2021 Yuu Kuraishi, Kazu Inabe, Kengo Mizutani
All rights reserved.
First published in Japan in 2021 by Kodansha Ltd., Tokyo.
Publication rights for this German edition
arranged through Kodansha Ltd., Tokyo.

Deutschsprachige Ausgabe erschienen bei
© 2024 Egmont Manga verlegt durch
Egmont Verlagsgesellschaften mbH,
Ritterstraße 26, 10969 Berlin

1. Auflage 2024
Verantwortliche Redakteurin: Luisa Steinhäuser
Textbearbeitung: Luisa Steinhäuser
Gestaltung: Anke Koopmann
Koordination: Angelika Schönhuber
Printed in the EU
ISBN 978-3-7555-0441-2

story house
EGMONT

Die Egmont Verlagsgesellschaften gehören als Teil der Egmont-Gruppe zur **Egmont Foundation** – einer gemeinnützigen Stiftung, deren Ziel es ist, die sozialen, kulturellen und gesundheitlichen Lebensumstände von Kindern und Jugendlichen zu verbessern. Weitere ausführliche Informationen zur Egmont Foundation unter
www.egmont.com